산새는 울어서 노래로 산다

법기
박성진
지음

산새는 울어서 노래로 산다

맑은샘

멀고 먼 길을 걸어왔습니다.

지친 다리를 절며 걷고 걸었습니다.

먼 길 왔다는 것이 돌아갈 수 없을 만큼 지난 후에야 알게 된 것을 참으로 다행이라고 생각합니다. 그래도 에두른 길을 후회하지 않았습니다. 지름길을 일러주고 벼랑 끝을 알려주는 사람들도 숱하게 많았습니다. 그러나 나는 나의 갈 길이 있어 홀로 묵묵히 걸었습니다.

앞서려고도 하지 않았습니다.

더 많은 것을 구하려고도 하지 않았습니다. 없는 것을 탐하지도 않았으며 뿌린 것만큼 거두어야 한다는 셈도 하지 않았습니다.

할 말이 있어도 말하지 않았습니다. 더 하고 싶은 말은 꾹 참았습니다.

이제야 못다 한 말을 엮어봅니다.

밤이 길어서 시린 가슴을 찻잔의 온기로 데워가며 풀어낸 이야기들이라서 버려도 아까울 것이 아니기에 그저 허름한 바구니에 주섬주섬 담았습니다.

법기 박성진

2장 —
산새는 울어서 노래로 산다

3장 ㅡ

북천역

4장 —

머무를 수 없는 시간

1장

/

그러려니

가랑잎과 인생

가랑잎 하나 날려서 굴러간다
돌계단 밑에서 멈춘다
애당초에 땅바닥에 떨어진 것이
어찌 바람 때문이라고만 하겠는가

돌계단을 오르면 어디로 갈 건가
한 계단 더 오르면 무엇을 할 건가
이리 구르고 저리 구르며
오르려고 애를 쓴다

소리 없이 왔으면
흔적 없이 가야지
나부대고 기진하면 오도 가도 못할 건데
바람이 너를 버리지 않을 때에
함께 가면 좋으련만

가을 나그네

농부의 땀이 젖어 가을 들녘이
황금알을 품었다
다람쥐의 바지런함이
가을 산을 다독이고
먼 길 찾아온 기러기가
가을 강변에 평안으로 앉는다

이제는 가을의 길이
굽이굽이 그리움을 부둥켜안고
길을 따라 길을 찾는
나그네를 기다린다

강 건너편의 추억

아침 안개가 옷자락을 붙잡는다
진창을 밟고 온 발뒤꿈치를
애써 씻어내는 까닭은
갈 길은 언제나 새롭다는 것이다

옷소매 끝동마다 가난의 고달픔이
땀내만큼이나 배었지만
강 저편에서 아지랑이로 피어나고
바라다보는 가슴을
언제나 애잔하게 저리게 한다

서러움에 피멍이 든 설익은 꿈은
이제는 강 저편에서
야윈 가슴을 살찌우는데
못다 한 옛노래는
강물 되어 흘러간다

경칩(驚蟄)

버들강아지 뽀송뽀송한 솜털이
꽁꽁 얼어붙은 개울을 마신다
선잠 깬 개구리의 몸부림에
얼음장 깨어지는 소리가 들린다

무서리 내리던 날 끝 고추를 따고
된서리 하얗게 뒤집어쓰고
김장배추를 캐던 기억은
어렴풋이 나는데
눈보라 휘몰아친 날은 전설로 듣는다

얼마나 세찬 바람이 불었는지
밤은 또 얼마나 길었는지
아무것도 몰라서 아는 것이 없는데
얼음장에 꽂히는 볕살에 놀라서
눈을 뜬다

골 깊은 산에서

바람 소리
물소리
새 울음소리
외로움이 가슴을 후벼 파는 소리

들리는 소리
제각각인데
한데 어우러져서
적막은 더 짙은 그림자로 내려앉는다

풀냄새
흙냄새
솔잎이 뿜어내는 바람의 냄새까지
산그늘이 적막 위에 덧칠을 한다

고갯마루에 올라서면

고갯마루에 올라서면
잊었던 옛 노래가 되살아난다
지겟작대기 두들기던
더벅머리 총각들의 노래가 들린다

고갯마루에 올라서면
눈물 자국이 번들거린다
밤이슬에 젖은 치맛자락을 끌며
소박데기의 북받치는 울음소리가 들린다

고갯마루에 올라서면
구수한 내음이 향기로 묻어난다
주머니에서 모가 달은 지폐를 쥐여주며
몸조심하라시던 어머니의 동백기름 냄새가 난다

고갯마루에 올라서면

가슴앓이 한 옛 세월이 되살아난다

청운의 뜻을 품고 넘어오는 그 날이

이제는 옛 이야기되어 두고두고 그립다

그러려니

그러려니 하고 말까
아니다 해야 할까
그것이 아닌데 맞다는 것을 어쩌나

보이는 것이 전부가 아닌 것을
전부라며 맞다고 하면 이를 또 어쩌나
아니다 해야 할까
그러려니 하고 말까

있는 것이 없는 것이라고
답답해서 일러줘도
아니라며 맞다는데 이를 또 어쩌나
그러려니 하고 말까

색이 공이고 공이 색이래도
색은 색이고 공은 공이라는데 이를 또 어쩌나
아니다 해야 할까
그러려니 하고 말까

그리움

보내고 그리워하는 마음을
떠나간 사람이 알기나 할까
잊으려 하여도 못 잊는 까닭을
못 잊을 사람이 알기나 할까

잊으려 하면 그리워지는 까닭을
그리운 사람이 알기나 할까
부르고 불러도 대답 없는 까닭을
그 사람은 알겠건만 대답이 없다

빈 거울에 뒷모습을 남겨놓고
옷깃 스치는 소리만 문틈 사이로 들리는데
멀어져 가는 발자국 소리는
가슴에 응어리져 바윗돌이 된다

기도

야윈 어깨가
들썩거리지 않는 것은
흘린 눈물의 매정함이지만
성글어진 머리카락은
버거운 짐을 일러준다

등이 젖어도
그칠 줄을 모르는 절은
절박한 삶의
몸부림이었다

보이지 않는 내일이지만
간절한 바람은
손수건을 적시고
가슴을 적신다

꽃이었다

아름다워서 고운 것일까

고운 거여서 아름다움일까

입 다물고 물어봐도

멀리서 흔들어 봐도

너의 모습은

언제나

말 없는 미소일 뿐

다가가면 곱고

한 발짝 물러서면

더 아름다운 모습은

언제나

티 없는 청순함일 뿐

감춰진 속내도 없이

그것이 전부인 너는

바라만 보아줘도

곱고 아름다운 꽃이었다

길 잃은 제비

마당을 가로질러
하늘에 닿을 듯이
정초기도 소원등을 달았던 줄에
제비 한 마리
동그랗게 앉았다

삼월 삼짇날은 아직 멀었는데
흥부의 전설을 얼른 전하고 싶어
바삐 날았는지
숨 고르기를 한다

아무리 기웃거려도
무논에 생갈이 한
진흙 한 점 붙일 곳이 없는
고행이 응집된 적막뿐인데 어쩌나

손끝에 닿는 것은 없지만

내 마음 하나

오롯이 물고 가

너의 둥지의 상량문 말미에

적어주게나

까치밥

까치밥이 가지 끝에서
늦가을을 붙잡고
마지막 잎새가 붉게 타도록
무서리 내리는 밤
부엉이 소리를 달래며
하소연을 한다

부푼 꿈을 꾸던 봄 햇살을
벌써 기억에서조차 잊었느냐고
서두를 일이 뭐 있냐며
하소연을 한다

목덜미를 검게 태우던
이글거리던 태양의 오만함을
잊지는 않았잖느냐며
하소연을 한다

기억의 상처도 이름다워지는 가을

용서받고 용서할 시간을 달라고

까치밥이 가지 끝에서

늦가을 붙잡고

하소연을 한다

나목(裸木)

목침 위에 올라선 학동은
싸리 회초리가 가르는 바람 소리에
눈을 감는다

그저 스쳐 가는 소리일 뿐인데
팔딱거리는 가슴이
찔끔하고 눈물을 짜낸다

가슴을 적신 눈물의 온기로
끓는 피는 더 데워지고
하늘은 뻗친 손끝에 닿았다

아찔하게 높아진 젊음은
걷잡을 수 없는 야생마가 되어
지평선 위로 날뛰었다

돌아보기에도 멀고 먼 길은
아지랑이도 걷어내고
천둥도 먹구름 속으로 잠재웠다

눈보라가 청솔가지 위에 백학이 되어
곤하게 날개를 접을 때에야
나는 한 그루의 나목으로 홀로 선다

낙숫물 소리

한지 바른 세살문 틈 사이로
낙숫물 소리에 귀가 열린다
암막새가 모진 마음을 먹고
외로움을 씻어낸다

이제는 더 남기지 않으려고
가슴으로 울어서
타다 남은 재까지
눈물이 되어 흘러내린다

옷소매 적시며 향을 사르고
무릎이 까지도록
인연과 줄다리기하던 서러움을
이제는 암막새 끝으로 흘려보낸다

떨어져 부서지는 아픔의 소리는

지난날의 그리움을 삭이던

가슴앓이의 소리는 아니다

자분자분 마음을 다지는 발자국 소리다

낙엽을 쓸면서

아침 해의 빛살이 서산을 훑는다
어제에 물들인 노을의 잔상을
제 몫으로 알고 말끔히 지우려나 보다
가만히 바라보기가 민망하여
대빗자루를 들고 돌계단을 쓴다

여름날의 싱그럽던 추억의 파편들이
빗자루 끄트머리에서 쓸리어 간다
어디에다 그 꿈의 씨앗들이
겨울나기로 자리를 잡을지
한 계단 또 한 계단을 쓸면서

나는 나의 꿈을
겨울나기를 위해
어디에 묻어야 할지 몰라서
어깨 위로 떨어져 내려앉는
낙엽 지는 나무를 바라다본다

발복(發福)

촛불이 일렁인다

일렁거리는 촛불이 뽑힌다

새로운 초를 집어 들어

부자는 다시 불을 붙인다

그리고는 복 하나를 받아 갔다

향 하나를 뽑는다

향불의 연기가 타오르고 있다

가난한 사람은 향을 다시 제자에 놓는다

그리고는 빈손으로 돌아간다

야윈 어깨가 처져있다

고부장하게 굽은 등을

바라다보며

나는 두 손을 모은다

그리고 절을 한다

낭만을 파는 노천카페

만행의 길
옥천사 들머리에 닿았다
일주문은 아직도 먼데
쉼터로 가는
이름도 없는 다리 위에
해가림의 파라솔 하나가 섰다

등산길도 아니고
산책길도 아닌데
계곡의 치장으로 다리가 있다
낭만을 파는 노천카페이다

물소리 바람 소리
주전자의 물 끓는 소리에
산새 소리가 추임새를 보태면
커피 내리는 소리가 가늘게 난다

바람의 냄새가
솔 향기에 어우러지면
낭만 카페의 커피 냄새가
사람이 좋아지는 냄새로 우러난다

마주 앉은 연인의 모습이 좋아서
커피콩을 갈고
모르는 사람끼리 좋아져서
핸드밀을 돌린다

옆자리 비워 둔 할머니가 쓸쓸하여
뜨거운 물 천천히
더 더디게 부으며
커피를 내린다

손바닥만 한 입간판에

핸드밀 커피하고 줄을 긋고

3천 원이라고 적혔지만

셈하고는 당초부터 이별한 사이란다

그 이별이 남긴 고달픔이

젊은 날의 상처였지만

이제는 아련한 옛이야기로 남았다니

들머리에 돌에 새긴

'백년탐물 일조진'이란 글귀를

이제야 알 것 같다

떠나온 고향 내음

비릿한 내음이 소매 끝동에서 묻어난다
가을비 추적거리며 내리던 고갯길에는
눈물을 훔치던 옷소매에서
젖 내음이 배어있었다

구수한 내음이 오지랖에서 묻어난다
돌아보기를 또 하고 또 하던 고갯길에서
쇠죽을 끓이던 아궁이에는
솔가리 타던 내음이 배어있었다

질박한 웃음소리가 귓전에서 맴을 돈다
돌아설까를 몇 번이고 망설이던 고갯길에는
허리띠를 조이면서도 마주 보고 웃던
못 잊을 얼굴들이 그려져 있었다

뉘우침

언제나 한가롭던 흰 구름이
먹물 잔뜩 머금고 하늘을 덮었다
늘 푸르기만 할 줄 믿었는데
너마저 변할 것이라고 생각지도 못했다

아프면 아프다고 진작에 말을 하지
나의 등 뒤에서 앓는 소리도 감추고
자박자박 내 발꿈치를 따라서
너무 멀리도 걸어왔다

돌아서면 지난 세월도 따라올까
몇 번이고 뒤돌아보지만
검게 어두워진 하늘은
달도 별도 까맣게 삼켜버렸다

조용히 기도하며 빌어본다

이제야 뉘우침으로 용서를 빈다

밝은 해 맑은 달을 기다리면서

두 손을 가만히 모으고 고개를 숙인다

도자기를 만들면서

흙으로 빚을 때는
그저 모양새에 정신을 쏟고
물레를 돌린다

물레를 돌릴 때에는
고운 모습으로 태어나라고
정성을 다한다

가마에 넣을 때에는
그저 반듯하라고
기원을 한다

가마에 전원을 넣을 때에는
고운 빛깔로 물들어 달라고
간절하게 빈다

가마에 문을 열 때는

그저 금이 간 것이 없기만을

소원한다

마지막 잎새

꿈꾸던 날의 추억은
원단의 아침
떡국 그릇의 온기로 남아서
아직도 가슴이 따스하다

무상무념의 끝없는 정진은
꽃이 피던 날도
바람이 불던 날도
그칠 줄을 몰랐다

원력의 배추밭에
무서리가 내리고
가랑잎 문 앞에 구르고
귀뚜라미 울어서 길어진 밤

달빛 불러서 창가에 앉혔더니

육조단경이 놓인

책상머리 위에

달랑 달력 한 장이 마음을 재촉한다

밤의 사명

적막이 밤을 감싸고
하늘을 본다
흘겨보는 달빛마저 식어버렸는데
가물거리는 별빛마저
말이 없다

미움이 할거하던 한낮의 고달픔을
소리 없이 다독거리려는
거룩한 고요함이
적막을 불러
신신당부를 한다

내일은
또 내일은
애달프지 않아도 좋을
따사로운 한낮을 위해서다

잊어야 할 지난날은

한밤의 적막이 어둠으로 덮어두고

마지막 여명을 걷어내며

새벽을 일깨운다

범종을 치고 싶다

여명을 걷어내려고
번뇌를 씻어내려고
첫닭 우는 소리를 듣고
도량경을 친다

이명산 봉우리가 희끄무레하게
하늘과 어우름을 가를 때면
골짜기를 울리게
범종을 치고 싶다

목탁 소리가
머리를 깨우고
노송의 가지 끝이 천공에 닿을 때에
이명산 깊은 잠을 깨우고 싶어서
범종이 치고 싶다

빨래터

간밤의 역사가
빨랫방망이로 난도질을 당한다

아낙의 어제는
오늘 앞에서 무참하게도 깨어진다

이웃의 아낙이 또 거들어서
가난의 땟국이 더 진하게 흐른다

한숨 부서지는 소리가
빨랫방망이 소리에 장단을 맞춘다

고달픔의 알갱이들이 숨었어도
아낙은 빨랫방망이로 매타작을 한다

깨어지는 소리는 고난만이 아니다
젊음이 깨어지는 소리가 더 크게 들린다

북천역

위―익! 위―익!
석탄 냄새를 내뿜으며
시꺼멓게 그을린 터우 열차가
목을 길게 늘이고
플랫폼으로 들어온다

하얀 카라의 여학생도
검은 교복의 남학생도
하던 이야기를 멈추고
한 발짝 물러난다

보퉁이마다 고달픈 삶을 한가득 이고
차 문 계단을 밟는다
가난의 응어리가 뭉쳐진
덩어리가 커져서 문에 걸린다

여학생이 엉덩이를 밀고
남학생이 보퉁이를 민다
한숨과 함께 안으로
쑥– 하고 빨려간다

금테 모자 아저씨의 파란 수기가
힘겨워서 목이 길어진
열차의 앞머리를 향해 흔들리면
기차는 목이 쉬어서 검은 연기를 토한다

비 가림의 역사도 처음부터 없었다
긴 플랫폼만 북천역이라는
하얀 표지판을 세우고
고단한 이들을 그리워하며 섰다

이제는 세월의 저편으로

기적 소리도 멀어져 갔고

돌아오지 못하는 그때 그 사람들을

코스모스는 길게 목을 늘이고

기다리고 섰다

2장

/

산새는 울어서
노래로 산다

산새는 울어서 노래로 산다

솔 씨를 물고 목이 메는 산새는
울어서 노래가 되어
메아리를 먹고 산에서 산다

목이 짧아서
쉽게 토해낸 북받치는 설움이
풀잎 이슬에 맺혀 구슬이 된다

맺혀진 이슬은
햇살로 무지개를 그리며
풀잎 위에서 노래가 된다

울어서 노래가 되는 산새는
울음을 먹고 산에서 산다
산새는 울어서 노래로 산다

산길을 걸으며

돌부리 간간이 발끝에 차이고
산새는 화들짝 놀라서 날아간다
해코지할 생각은 당초에 없는데도
짐작만으로 미움을 받는다

가시넝쿨이 옷자락을 붙잡아
작은 실랑이로 서로가 맞선다
아무런 맺힘도 없었건만
거기에 있었던 것이 미움이 된다

바람 소리가 들린다
나뭇가지가 거든다
물소리가 들린다
새소리가 거든다

이제야 화음이 되어

산의 소리가 들리고

이제야 어우러져

산의 빛깔이 보인다

수행의 길

찬바람에 이마가
시려옵니다

찬 이슬에 옷깃이
젖어옵니다

눈보라에 손발이
시려옵니다

밤이슬에 바랑이
젖어옵니다

새벽안개에 먹장삼이
젖어옵니다

알 수 없는 그리움에
가슴이 젖습니다

끈질긴 외로움에

눈시울이 젖어옵니다

그래도

끝끝내 발자국은 적시지 않으렵니다

아침 이슬

어디서 와서 이렇게 영롱한가
무엇이 서로 만나
찬란하게 빛을 내나

보란 듯이 소리 내지 않았고
고운 듯이 뽐내지도 않았는데
햇살이 미리 알고 감싸 안는다

작아서 우주를 품고
연약해서 아침을 깨우는
하루의 시작을 찬란하게 펼친다

손을 뻗치면 손을 잡고
옷깃을 스치면 옷깃을 녹이며
무지개를 피워서 하늘을 품는다.

더 찬란하게

더 영롱하게

세상의 아침을 미리 밝힌다

어디만큼 왔나

서녁 해를 녹여서 물들인 노을이
아련한 그리움을 붙잡고 하소연을 할 때
바람은 노송의 가지 끝에서 잠을 청한다
이제는 서두르지 않으면
휑한 빈 가슴을 채울 길이 없어서
돌멩이도 밟고
가랑잎도 밟으며
자갈길을 재촉한다

바다가 겁 없이 파랗던 한낮에
고달픈 삶의 진액으로
오지랖을 적시었지만
파도는 때때로 너그럽지를 못하고
벼랑에 와 부딪쳐 울었다
못다 한 하소연에 목이 메어서
서럽게 우는 소리는 윤슬로만 남았다

이제는 질퍽거리던 뒷골목을

한참이나 돌아와서

가지런하게 신발을 벗어놓고

옷깃을 여민다

먼 산 그늘은 어둠에 짓눌리어

부엉이 집의 사립문은 가늠조차 안 된다

어렴풋한 자화상

향불의 연기 속에
가물거리는 그림자는
정녕 나의 본래의 모습일까

범종의 울림의 여울 속에
어른거리는 뒷모습은
정녕 나의 속마음일까

촛불의 일렁거림의 혼란이
발아래의 그림자가 되어
어렴풋이 자화상을 더듬게 한다

여름날의 잔상

산새가 먹다 남긴 계곡 물이
조잘대던 소리를 한가득 담고
바위 틈새에서
서로를 부둥켜안았다

거들떠보지도 않는 바위는
오래전에 등을 돌리고 앉아서
먼 산을 푸는데
나의 그림자는 한사코
젊은 날을 붙잡고 안달을 한다

이제는 잊어도 좋은 설움들이건만
그래도 몸부림이 되어
계곡 물을 걷어차고
물보라로 부서진다

오월의 끝머리

이른 아침
이명산 중턱에서 장끼가 울더니만
머뭇거리며 힘겨워하던 넝쿨장미가
담벼락을 붙잡고 활짝 피었다

철없이 우쭐거렸던 봄꽃들은
제풀에 무안해져서 말없이 떠나고
아카시아의 향기는
벌통 속에다 새 둥지를 틀었다

거울 앞의 여인이
화장을 지우고 일어설 때
뻐꾸기가 울어
닫혔던 사립문이 열린다

용서

더는 못 볼 것이 있어
눈을 가리고 빗물로 씻는다
세상이 토해낸
원망의 응어리들이
간신히 몸을 숨긴 가슴 깊은 곳을
비안개가 빗물로 씻는다

분노의 얼룩까지도
묻어나는 가슴 깊은 곳마다
숨어든 원한의 불씨를
비안개가 빗물로 씻는다

분노가 있어 원한이 있고
사랑이 있어 미움이 있는 것을
삭여야 할 가슴이 따뜻하여
오지랖으로 깊이 감싼다

이름 없는 풀꽃

봄풀 파릇하게 돋아나던 날
이름 없는 풀꽃도 말없이 피어났다
보는 사람이 없어도 곱게 단장을 하고
방싯거리며 아침 이슬을 털어내었다

하늘 높이 나붓거리지도 못하고
옅은 향기도 갖고 나지 못해서
벌과 나비를 청할 수 없어도
괴로워하거나 서러워하지도 않았다

어깨를 무겁게 지고 새벽길을 걷는 사람
지친 다리를 절며 한낮을 헤매는 사람
돌아보면서 눈물짓는 사람들을 쳐다보고
온 기력을 다하여 웃을 뿐이다

안개가 짙으면 짙은 대로

여명이 머뭇거리면 머뭇거리는 대로

나는 나의 속내를 다 쏟으며

작은 미소를 아낌없이 보낸다

이제는 그만

돌아보지도 마십시오
이제는 붙잡지 않으렵니다
애타던 가슴이 미어져
밤하늘의 은하수로 쌓은 성돌은
이제는 북두칠성의 끝자락에
흩뿌렸습니다

못다 한 이야기는 꺼내지도 마십시오
이제는 듣지도 않으렵니다
산새가 지저귀던 야윈 가지는
긴 겨울의 눈보라를 맞고
나목으로 홀로 섰습니다

다시는 부르지 마십시오
메아리는 허공에 맴돌아도
물안개 속에 귀를 막고
갯버들로 다시 태어날 것입니다

참배객

일주문을 성큼성큼
부르는 듯 들어선다

사천왕 앞에 서서
꾸벅꾸벅 절을 한다

본존불 앞에서
넙죽넙죽 절을 한다

돌아서 다시 나와
사천왕 앞에 대고
절 한 번 꾸벅하고

일주문을 성큼성큼
생각 없이 나선다

인연

살며시 손을 뻗으면 닿을 것도 같건만
행여 멀어질까 긴 숨 내쉬지도 못하고
구름이 비켜간 자리에서
진하게 몸살을 앓는다

식은땀 흘러서 맺힌 이슬은
무지개를 머금고
먼 훗날의 일기를 촘촘하게 미리 쓰고
한 점 구름을 하늘에서 건져낸다

떠가는 구름은 그리움이 되어
미련은 까맣게 타서 연밥이 되지만
서럽게 흐르는 눈물은
연잎 위에서 구슬로 맺힌다

주고도 고마워서 설레던 가슴은
비바람이 할퀴고 간 상처의 골이 깊어
한 겹을 벗겨내면 또 한 겹으로 덧나서
까만 밤을 하얗게 덧칠한다

그래도 돌아설 수 없는 먼 길을 왔기에
거추장스런 신발까지도 벗어 던지고
나무 그늘이 있는 물가를 찾아 헤매고

질긴 끄나풀의 끝자락에 매달린 인연은
까맣게 숯이 되지만
타다 남은 숯덩이는 새로운 불씨가 되어
빨간 씨앗으로 가슴에 피어난다

그래도
부엉이 울어 깊어진 밤이면
봉숭아의 추억이 손톱 끝에 내려앉아
오래도록 서럽다

젊은 날의 꿈

얼마나 더 많은 밤을 지새워야
몸부림이 멎을까
새벽을 베고 돌아눕기를
수 없이 해도
멀어져 간 지난날들의 그림자들이
아픈 상처가 되어
가슴으로 아려온다

얼마나 더 많은 눈물을 흘려야
가슴이 비워질까
모질게 뜀박질해도 앞지르는 인연들이
오지랖에 그리움으로 잠든 보푸라기처럼
바람 소리만 들어와도 되살아난다

이제는 떨치지 않으련다

있어야 할 제자리에는

함부로 범접을 할 수 없는 고귀한 숨결이

때맞추어 꽃으로 피어날 씨앗이었다

나는 나의 꿈을 아랫목에 묻고

기다리는 시간을

아까워하지 않으련다

억겁의 세월이 흐른다 하더라도…

참 나를 찾아서

아등바등 나부대던 지난날을
다독다독 사려놓고 온 세월이
그리 멀지도 않았는데
나는 저편의 산골 깊은 곳의
비안개 속을 헤맨다

언제나 머물러 있어 붙잡지 않았고
늘 가까이 있어서 허물이 없었고
말하지 않아도 들리었고
답하지 않아도 알아들었는데
간 곳을 몰라 비안개 속을 헤맨다

가지런하게 벗어 놓은 신발은
이미 뒤축이 닳아서 너덜거리고
소매 끝동은 보풀이 일고 때가 찌들고
팽팽했던 저고리의 품이 헐렁해져서
손등의 골도 깊어졌다

이쯤이면 잃어버렸던 그림자가

멀쑥한 모습으로라도

찾아올 만도 한데

나의 유랑의 혼은

아직도 비안개 속을 헤매고 있다

천둥이 치던 날밤

천둥이 친다
칠흑 같은 어둠을 태운다
갈피마다 꾸지람뿐인 법문집을 덮고
결가부좌를 한다
천둥이 양 무릎을 친다
무릎을 꿇었다

천둥이 친다
하늘이 깨어지는 소리를 한다
금강역사의 청룡도가 희번덕거린다
목덜미가 짜릿하다
합장을 한다
머릿속이 번쩍하고 깨어난다

청설모

솔방울 하나 뚝 하고 떨어진다
청설모 한 마리가 하늘을 가로질러
나뭇가지를 건너뛴다

무엇을 찾으려고 저리도 바쁠까
나뭇가지 사이가 저리도 넓고
바닥은 아찔하게 천길만길인데
어쩌자고 저리도 바쁘게 서두를까

빈 곳간에 가난을 가득 채워 서러운데
맨발로 뛰어도 잡히지 않는 그림자를
너도 별수 없이 뒤쫓고 있나 보다

청보리의 꿈

바람이 숨을 죽인 청보리밭
강물이 풀어낸 긴 한숨이
물안개로 피어오르면
간밤의 꿈을 구슬로 엮는다

가슴 아리던 상처는
잔설이 다독거려 덧나지 않았고
긴 겨울밤의 가위눌림은
여린 햇살이 감싸주었다

매정스런 서릿발의 부대낌도
이제는 지난날의 추억이 되어
파란 이파리 끝자락마다
방울방울 구슬을 맺는다

햇살에 반짝이는 추억의 알갱이들이

청춘의 가슴을 다시 뛰게 해야 한다

잃어버린 종달새의

노랫소리도 구슬로 꿰어 오선지에 담는다

청춘들에 바치는 바다의 노래

바다는 청춘들의 살 내음으로
세상살이를 기(氣) 살려낸다
정열은 태양을 불태우고
기백은 파도를 정복하며
이상은 수평선을 멀리 긋는다

백사장이 있어 꿈을 싹 틔우게 하고
자갈밭이 있어 미래를 속삭이게 하며
잊어도 좋은 이야기는 썰물이 지워주고
소중한 것은 밀물이 안겨준다

너울은 청춘을 향해 밀려온다
잠자던 용기까지 일깨워주려고
가슴팍을 치며 등짝을 떠민다
무모한 용기도 만용이 아니다
젊음이 있어 거칠 것이 없다

바다는 청춘을 안고 출렁인다

젊음은 머뭇거리지 않고 당차며

얼버무리지 않고 당돌하지만

숨김없는 진실이 있다

젊은이는 돌아보지 않아도 앞이 보인다

하지만 길은 언제나 천 갈래 만 갈래로 갈라놓고

청춘을 유혹한다

잘 못 든 길에서는 돌아설 때를 터득하고

에두른 길에서는 어리석음을 깨우치고

지름길에서는 오만함을 뉘우쳐야 한다

바다는 부단한 노력의 결실을

젊은이들에게 숨김없이 보여준다

끈질긴 출렁임으로 몽돌을 다듬고

너그러움의 느긋함이 백사장을 만들며

예리한 집념은 암벽을 비경으로 조각한다

깨쳐라 청춘들아

청춘들이여!

후회

숨을 죽이며 삭여도 오지랖을 들썩거린다
아직도 곰삭지 않은 열정이 남아서일까
못다 푼 분노가 숨을 몰아쉰다

아깝지 않게 털어버리고
넘치지 않게 비워버려도 될 것을
끝내 포기하지 못하고 울부짖는다

터져버린 분노에 산을 울리고
쏟아지는 눈물에 강이 넘친다
그 많은 아픔을 달려던 보람은 없어졌다

돌아다보면 알겠지만
끝끝내 돌아보지 못하는 너를 붙잡고
가슴을 또 한 번 내려쳐 본다

화개장터 엿장수

섬진강 물안개가 미적거리는데
화개장터의 약차 끓는 냄새가 난다
대장간의 쇠메 소리에
관광버스의 문이 열린다

얼굴 단장을 끝낸 엿장수가
고쟁이가 들나도록
치맛자락을 걷어 올려
질끈 동여맨 허리춤에 꽂았다

작은 손거울을 보며
빨간 입술연지를 덧칠하고
두 손바닥에 탁탁 침을 뱉고
북채를 갈라 쥔다

휘이 하는 소리를 지르더니
순간 두 발로 바닥을 박차고
하늘로 솟구쳐 내리더니
뇌성 소리가 우렁차다

하늘이 무너지고 땅이 들썩거린다
하얀 코고무신이
어긋나게 땅바닥에서 하늘로
또 하늘로
다시 튕겨 오른다

두 발이 튕겨 오를 때마다
허공을 가르는 북채는
번갯불같이 번뜩거린다
뇌성은 지축을 뒤흔든다

맺힌 한이 허공으로 흩어진다
설움도 고달픔도 산산이 부서진다
잃어버린 세월의 끄나풀을 낚아채고
힘껏 땅을 박차고 하늘로 난다

김동리 선생의 원고지 긁는 소리가
하늘가에서 사박거린다
옥화의 무쇠솥 여는 뚜껑 소리가 들린다
성기는 지금 어느 하늘 아래서
엿가위 소리를 신명 나게 울리고 있을까

화개장터의 엿장수는
섬진강의 길고 긴 강물 위에
맺힌 한을 휘이 휘이
풀어내린다

감자

서릿발 걷어내고
씨눈 붙은 감자를 조각내서
송진 냄새가 허물 벗은
재를 묻혀 텃밭에 심었다

이랑을 타고 까치가 기웃거리고
비둘기가 날아와 또 기웃거리더니
간밤에는 고라니가 발자국을 찍었다

가슴 조이며 숨죽이던 어둠을 걷고
봄 햇살에 기대어 젖은 이슬을 먹고
이랑의 등 갈라지는 소리가 들린다

호미 끝에는 온통 곰보 자국 붙어온다
마주 앉아 먹을 사람이 없는 줄을
굼벵이는 미리 알고 있었나 보다

풍경

추녀는 비천의 꿈을 꾸며
하늘을 치받고 날아오른다
숭고한 몸매로 늘 그 자리에 매달려
적적함을 달래는 풍경이 애처롭다

바람이 잠들어도 혼자 흐느끼는 사연은
세속을 멀리한 절연의 아픔이던가
달래려 바라보면 더 가련하고
정붙임 하려고 아래에 서면 딴 눈을 판다

무슨 말이라도 붙여보고 싶어도
고고한 몸짓으로 하늘만 바라보며
떠가는 구름을 전송하느라
더 높은 곳을 향하여 기도를 한다

별이 빛나는 밤이면 별빛에 물들고

달이 밝은 밤이면 달빛에 물들어

홀로 부르는 노래가 있어 더욱 애절한데

밤비가 내리면 가슴을 적시며 홀로 흐느낀다

홀로 걷는다

산길을 간다
실낱같이 외진 길을
홀로 걷는다

풀 포기 이파리 위에
산들바람이
곤히 눕는다

뻐꾸기가 울어서 길어진 한낮
솔가지 틈새의 햇살을 따라
고단한 마음을 달라며 걷는다

아직은 다리를 절기에는 이른 시각
벼랑에 무르익은 산딸기를
따볼까 말아볼까 망설이고 섰다

제풀에 놀란 까투리가 푸드득 날아간다

장끼는 뒤늦게 끄르륵 하며 따라간다

나도 걷는다

이어볼까 끊어볼까

실낱이 외진 길을

홀로 걷는다

고난의 늪

떨치려고 바둥거려도
무겁기만 한 굴레는
떨어질 줄 모르고 짓눌러 왔다

몸부림을 칠 때마다
발목을 조이는 올무의 끈은
끊어질 줄 모르고 질기기만 했다

욕망에 찌든 외투를 벗었다
목도리도 풀었다
버선 속까지 휑하니 뒤집었다

텅 빈 가슴 깊은 곳에
모르는 날개옷이 잠들어 있었다
이제는 날고 싶어라
훨훨 저 높은 하늘까지

3장

/

북천역

께사리 재

옥종장 장꾼들이 넘어가면
남해 바다 마른 조기가 넘어온다
북천장 장꾼들이 넘어가면
비토섬 돌파래가 넘어온다

덕산장 장꾼들이 넘어가면
지리산 산 약초가 넘어간다
고달픈 이들이 넘어가면
야달픈 이들이 넘어온다

중매쟁이가 넘어오면
시집가는 가마가 넘어가고
신랑은 보릿고개를 짊어지고
께사리 재를 앞서서 넘어간다

그리운 얼굴

간밤에 낙엽 구르는 소리에
선잠을 깨고부터
까만 밤 하얗게 지우고
새벽안개 속으로 걷습니다

달빛 창가에 머물던 이른 밤
무슨 사연이 많아 그리도 속삭이더니만
가슴 후련하게 쏟아내고 제풀에 지쳤는지
짙은 안개를 덮고 아무 말이 없습니다

낙엽 밟는 소리라도 듣고 싶었는데
안개 속을 휘젓는 옷깃 스치는 소리만
갈 곳 모르는 발길을 재촉하며
상념의 날개를 나붓거립니다

잊으려 하면 더 또렷해지는 얼굴은

새벽안개 속에서도 지워지지 않고

앞선 걸음으로 길 머리를 잡으며

자분자분 낙엽을 밟습니다

그믐밤

머뭇거리던 고달픔이 숨을 돌리고
자리에 눕는다
뙤약볕에 들볶인 등줄기에
해넘이 그늘이 내려앉고
일상은 어둠에 묻힌다

바동거리는 발자국 소리는
골목길 끄트머리로 사라졌고
파지 줍던 허리 굽은 할머니도
어딘가로 가고 없다

더는 보이고 싶지 않은
단내를 토하던 목줄기를 감추고
성에 낀 유리창을
새까맣게 덧칠을 한다

몰라도 좋을 것을 덮어주고
보여주고 싶지 않은 것을 감춰주며
산이 돌아앉고 나도 돌아앉는다
길을 잃은 나의 영혼을 감춘다

이상은 야생마가 되어
푸른 초원을 달릴 때
낮달을 구름을 희롱하며
무지개를 향해 내달렸다

초원의 끝이 없다는 것을
천둥이 울고
번개가 친 한참 후에야
하늘을 보고 알았다

이제는 돌아갈 길을 잃고

깨어진 나침반을 붙잡고

서럽게 운다

가슴으로 운다

나의 방

나의 방은 늘 빈방으로
썰렁하지만

그래도 향 내음이 그윽하여
외로워도 좋고

그래도 달마의 미소기가 있어
고독해도 좋고

그래도 불경의 나무람이 있어
쓸쓸해도 좋고

그래도 누더기 장삼이 있어
무릎이 시려도 좋고

그래도 차 한잔 마실 수 있어
서글퍼도 좋다

달이 벗어 놓은 허물

안개가 짙어 한낮이 따사로울 줄을 알고
간밤의 꿈을 뒤집어서 장작더미에 널었다
나를 찾아서 헤매다가 죽은 넋이
나였던 줄을 몰라서 바스락 소리가 나게 말리려고 했다

여기가 어디인 줄을 모르면서
어딘가로 가려고 발버둥치는
나의 불쌍한 죽은 넋을 보듬고
길을 찾아 헤매던 하늘에는 하얀 달이 떴다

이제는 알 것도 같은 모르는 길을
낮달이 중천에 있어 함께 가자니까
간밤 밝은 달이 벗어 놓은 허물이라며
혼자 가라며 손사래를 친다

대봉감

까치밥 세 개를 남기고
대봉감을 땄다
대꼬챙이를 쪼개서 끼우고
가지를 비틀어서 꺾어 땄다

세 개씩 짝을 지우니까
셋씩 세 개이고
딱 하나가 남았다

불단이 세 곳이라서
하나를 어쩌나
차라리
까치밥 하나를 더 남길 것을

빈 섬돌 위에는
늦가을 바람이
가랑잎을 쓸어낸다

노송

묵진 밭 둔덕 위에 노송 한 그루가
홀로 섰다
언제나 그 자리에 있던
할머니의 손수레를 기다리고 섰다

등이 굽은 까닭이야 세월의
무게라지만
뒤틀려 앵돌아진 사연을
말하지 않는 까닭은 아무도 모른다

그래도
소나기 오면 비 가림을 하고
뙤약볕이 야욕의 아귀로 내리쏟으면
할머니의 볕 가림을 했었다

윤사월 긴 해를 붙잡고

보릿고개가 미끄럼 타던

쑥버무리 모롱이를 돌아

할머니가 리무진을 타고 간 줄도 모르고

노송은 오늘도 손수레를 기다리고 섰다

담쟁이넝쿨

욕망이 잠든 꿈을 충동질하는
봄볕의 따사로움에
바깥세상의 일그러진 영상들이
짜깁기되어 가짜뉴스를 만들어 낸다

알 수 없는 세상의 이야기가 솔깃하여
까치발을 하고 담벼락에 붙어선 담쟁이넝쿨이
목을 길게 늘여도 어차피 닿지 않을 것을
진작부터 알고 기를 쓰고 기어오른다

누구도 손 내밀어 주지 않는 까닭은
담쟁이넝쿨은 알지를 못하고
손끝에 맺히는 피멍이 터져
선홍의 빛깔로 담장을 덧칠한다

어디로 가야 할 것인가도 모르면서

여기저기로 손을 뻗어

아무나 붙들고 하소연을 하지만

돌아온 대답은 분수를 알라는 거였다

당신은 스쳐 가는 바람이었다

인연 따라갔다가 인연 따라왔으면
떠나지도 말고
보내지도 말아야지
붙잡지 않아서 돌아섰고
돌아섰기에 붙잡지 않았다면
그저 스쳐 가는 바람이었다

남길 것도 없고
버릴 것도 없이
없는 듯이 왔다가
흔적 없이 가버리면
그저 스쳐 가는 바람이었다

보내야 할 까닭도 없고
떠나야 할 까닭도 없는데
머무를 수 없는 시간이었고
함께 할 수 없는 공간이었다면
그저 스쳐 가는 바람이었다

바람이 남기고 간 빈자리는
채워도 채워도
다하지 못할 그리움뿐이어서
당신은 스쳐 가는 바람이었다

도둑고양이

산그늘 내려서 문밖에 그림자가 지면
도둑고양이 섬돌 위로 사뿐히 올라선다
인기척을 감지하는지 마루 위로 고개를 내민다
까닭도 없이 숨을 죽이는 쪽은 언제나 나였다

두리번거려도 볼 것은 보이지 않고
코를 벌름거려도 기대했던 냄새도 없다
가랑잎 구르는 소리를 핑계 삼아 자리를 뜨지만
까닭도 없이 미안해지는 쪽은 언제나 나였다

향 내음이 좋아서도 아닐게고
독경 소리가 좋아서도 아닐 건데
어둠살만 지면 섬돌 위에 오른다
비린 냄새가 없는 것이 또 미안하다

돌부처에게 길을 묻다

물어도 대답을 안 하는 것은
답을 몰라서가 아니지만 입을 다문다
다그쳐 물어보면 못 들은 척하고
그저 빙긋이 웃는 것이 답이다

듣지도 않을 바에야 묻지도 말 것을
듣지 않는 것이 아니라는 것은 알기에
이제는 더 간절하게 물어도
그저 빙긋이 웃는 것이 답이다

대답이 없을 줄 알면서도 또 물어야 하는 것은
길이 있어도 길이 보이지 않아서다
보이지 않는 것인 줄 몰라서 또 물어도
그저 빙긋이 웃는 것이 답이다

매미

이른 아침부터 울어야 할 까닭은 몰라도
느티나무 이파리에 몸을 숨기고
감춰진 마디마다 맺혀진 사연이
촉촉하게 이슬로 녹아내린다

몸을 숨기며 울어야 하는 설움은 몰라도
한낮을 서럽게
목이 쉬도록 울어야 하는 너는
달궈진 태양을 안고 가슴의 응어리를 녹여낸다

울고 또 울어도 너의 울음은
지칠 줄 모르고 서럽기만 하여도
너의 눈물에 옥수수는 한 치가 더 자라고
석류는 붉은 껍질 속에서 꿈을 키운다

밤이 길어서 남긴 사연

가을이 남기고 간 그리움을
아랫목에 묻어두고
가랑잎이 부르는 노랫말을 적는다

별들의 이야기를 엮어서
달빛 흐르는 창가에 걸어두고
찻잔의 온기로 몸을 녹인다

마주할 빈자리에 지필묵을 앉히면
바람 소리가 시를 낭송하고
소나무 그림자가 수묵화를 그린다

부엉이 울던 밤의 옛이야기는
이부자리 속에서 도란거리고
밤이 길어서 남긴 사연이
베갯모에 얼룩으로 남는다

벌새

바람은 용하게 피하면서
꽃은 귀신같이 찾는다
햇볕이 뜨거우면 그늘에 쉬고
빗줄기 거세면 나무 밑에 숨는다

부르는 소리는 없어도
향기는 언제나 제 모습을 드러낸다
나비의 손짓도 신물이 나고
튼실한 열매는 분통을 터뜨린다

벌도 아니고 싶고
새도 아니고 싶은
벌새가 되고 싶지 않아서
땀 냄새를 찾아 오늘도 나는 걷는다

별이 빛나는 밤에

창가에 앉았습니다
찻잔의 온기가 따스하지만
가슴은 자꾸만 시려 옵니다

창가에 앉았습니다
하늘은 어둠도 푸르름도
내색하지 않는데 별은 촘촘히 빛납니다

창가에 앉았습니다
산새도 잠든 밤 풍경이 홀로 웁니다
알 수 없는 얼굴이 어른거립니다

창가에 앉았습니다
바람도 나뭇가지에서 잠들었나 봅니다
닫힌 출입문으로 눈길이 자주 갑니다
지금은 별이 빛나는 밤입니다

범종을 치면

머리를 깨치는 소리입니다
마을을 울리는 소리랍니다

배고픈 산새가 있어
아침을 깨우고
땀에 젖은 등줄기를 식히려고
밤을 불러옵니다

걷잡을 수 없는 야망이
황야를 내달릴 때면
돌아올 곳을 일러주고
몸을 떱니다

산을 다독이고

물을 달래며

번뇌를 녹이려고

나는 범종을 치고

범종은

나의 가슴을 울립니다

봄비

가슴 조이며 묻어둔 사연들이
남몰래 숨을 죽이며
망울진 진달래 꽃대를 붙들고
소리 없이 흐느낀다

버겁게도 고달픈 손끝의 시림이
서러움마저도 얼어 붙이더니
가슴을 적시는 뉘우침으로
매화꽃 망울에다 볼을 비빈다

고달픈 추억은 그리움이 되어
서럽던 기다림을 어루만지고
이제는 옛이야기를 다독거리며
개나리 꽃잎에다 입맞춤을 한다

봄이 오는 길목

나만이 꿈꾸었던 작은 소망들이
눈보라에 흩날려 가버린 뒤
나는 나와 다시는 약속을 하지 않겠다고
면벽을 하고 맹세를 한다

온기 없는 장삼 자락을 여미고
꿈의 씨앗을 얼음장 밑에 묻었는데
언 땅 갈라지는 소리가 들려온다
냉기 어린 구들장 밑에서도 들린다

잔설이 하얀 이명산 골짜기에
복수초의 노란 꽃이 몰래 피었다
찬바람이 헤집어놓은 오지랖을
다시 여미고 마애불 앞에 손을 모은다

봄 마중

아지랑이가 앞장을 선다
서릿발 푸석거리던
인력 시장의 종점에서
고드름을 굽던
모닥불을 끄고
함께 걷자고 팔짱을 낀다

시린 손끝이 민망하여
몸을 사리고 돌아선 사이
등을 떠밀며
귓가에 작은 소리로
그냥 가자고 일러준다

작은 손거울을 들이댄다

살며시 웃어 보이며

방싯하게 미소를 지어 보란다

이만하면 되었다기에

옷매무시를 고치고 산문 밖으로

첫발을 내디딘다

북천역 코스모스

그리워서 목이 가늘어진 코스모스가 피었다
북천역 플랫폼의 철길 가장자리에서
돌아올 사람들을 기다리며 줄지어 서서
긴 목을 늘이고 기차를 기다린다

언제나 기적을 울리고 기차가 왔다
그러다 또 기적을 울리고 떠나갔다
언제나처럼 기적을 울리며 기차가 올 것이다
코스모스는 어제도 오늘도 기차를 기다린다

북천역 입간판은 오늘도 텅 빈 플랫폼에서
바쁜 걸음으로 찾아올 사람들을
온종일 기다리며 홀로 섰다
기적 소리는 어제처럼 오늘도 들리지 않았다

어디만큼 오고 있을까
북천역 코스모스는 오지 않는 기차를
오늘도 기다린다

빨래

비둘기 목을 축이고 남은 물로
빨래를 한다
문지르고 주무르면
검은 먹물이 녹아 흐른다

다리를 걷고 밟아도
세속의 때가 빠지지 않아서
대추 방망이로
내려친다

철버덕거리는 소리는 요란하지만
올과 올 사이에
촘촘히 박힌
그리움의 사연들은 더 깊이 배인다

뻐꾹새는 소리 내어 울었다

어제는 오늘이 까마득하여
푸른 하늘을 휘저으며 바동거렸다
길은 빤한데 끝이 보이지 않아
맨발의 타박 걸음은 해가 짧아서 허둥거린다

설익은 꿈을 백지에다 그리던 날에는
만용이 아니라고 항변하면서
거목의 숲 사이를 헤집고 걸었지만
길은 구불거리고 낭떠러지는 발끝을 저리게 한다

구도의 길은 요원한 것을
겁 없던 시절로 돌아가지 못하고
먼 산 하늘을 보며
뻐꾹새는 소리 내어 울었다

산길 유정

솔숲 사이로 우쭐우쭐한 기암괴석은 누구의 작품이며
아찔한 암벽 위의 독야청청 푸른 솔은 누구의 기개이며
바위틈을 감돌아 흐르는 물소리는 누구의 노래이며
솔바람 소리 사이로 들리는 산새 소리는 누구의 시입니까

창공의 짙푸른 빛깔을 붓으로 찍어다가
바윗돌 틈새에 획 하나를 긋고
이끼 낀 언저리에 또 하나를 그어
난을 치는 손끝으로 솔 향기로 덧칠을 합니다

징검다리가 있어 개울을 건너고
바람 소리가 있어 솔가지 사이로 산새가 날고
바윗돌이 있어 다람쥐가 쫑긋거리고
물소리 바람 소리 산새 소리가 시인의 가슴을 일렁입니다

산길을 걷는다

어딘지 끝은 모른다
그냥 있지 못해서 걷는다
어디만큼 갈지도 모르고
소나무 사이를 걷고
떡갈나무 숲길로도 걷는다

산길이 끊어지면
숲은 또 다른 길을 내어준다
혼자 걸으면
바람을 길벗으로 주고
아무 말 않고 걸으면
산새를 말벗으로 보내준다

산길을 걷는다
어제처럼 혼자서 걷는다
그리고 내일도
또 내일도

산새가 되고 싶다

온 곳도 모르고 갈 곳도 모르지만

외진 산길에 꽃으로 피고 싶고

골 깊은 산골에 샘물로 솟고 싶고

어두운 밤길에 별빛이 되고 싶고

울어서 노래 되는 산새가 되고 싶다

여기가 어딘지도 모르면서

씨를 뿌리고 싶고

언제까지 머물지도 모르면서

꽃을 가꾸고 싶고

나를 태워 어둠을 밝히는 촛불이 되고 싶다

4장

/

머무를 수
없는 시간

새벽

한밤을 지켜준 별빛이 나른해지면
밤하늘은 푸른 잠자리를 마련해주고
새벽을 불러낸다

밤하늘이 눈 부릅뜬 어둠을 달래며
서러워 더는 못 걷는 가난한 사람을 위해
새벽을 불러온다

산새들의 주린 배앓이가 안타까워
미적거리던 여명도 뒷걸음을 치면
새벽이 온다

새벽이 오면 나는 머리로 종을 친다
그리고 또 가슴으로 북을 울린다
어제의 고달픔을 녹여내는 새벽을 위해 기도한다

섬돌

만행의 길에서 돌아오면
섬돌을 먼저 쳐다본다
마음이 멀어서 못 오는 줄 알면서도
눈이 먼저 가는 까닭을 모른다

가벼운 가랑잎 하나 오르지 못하는
섬돌 위에
누가 그 무거운 신발을 올리겠느냐만
마음이 머무는 까닭을 아직은 모른다

눈도 녹았고 비도 그쳤다
다람쥐 사뿐 밟고 간 섬돌은
티끌 하나 없어도
비를 들고 쓰는 까닭은 오늘도 모른다

소낙비

서두르지 않아도 좋을 일을
후다닥 해치우느라 유리컵을 깬다
비명 소리 묻어나는 기억들이 되살아나서
손가락에 선혈이 물들고 나서야
나는 나의 자리로 그때서야 돌아온다

욱대기며 뒤쫓는 그 누구도 없는 광야에서
허둥거리며 그려놓은 나의 발자국은
바동거리고 허우적거리며 내일을 쫓는다
아무것도 붙들지 못하면서
내달리기 위해서 내달린다

서늘한 바람이 오지랖을 파고들고
먹장구름이 머리 위를 뒤덮고 난 후에야
나는 나의 거울 속으로 들어앉아
가만히 숨죽이고 기다린다
나의 껍질이 또 한 겹 벗겨져 나간다

송이버섯

솔가리의 꿈은 아궁이 깊은 곳에서 불붙는데
산새는 솔 씨 하나를 물고 솔가지에 앉는다
부스럭거리는 송이 솟는 소리에 놀라서다

다람쥐가 묻어둔 도토리가 돌아눕는 소리에
송이는 귀가 솔깃하여 가랑잎을 걷어내고
바깥세상을 살그머니 기웃거린다

솔 향기 가득 머금은 송이는
낙엽 지는 소리를 듣고
어둠을 걷어낸다

야생마

부모님 등줄기를 타고 오르내렸다
뛰어도 뛰어도 더 뛰고 싶어
구름을 타고도 내달렸다

부모님의 젖은 땀을 먹고 자랐다
먹어도 먹어도 더 먹고 싶어
논배미도 먹고 밭뙈기도 먹었다

돌아와서 넘어다본 울타리 안에는
쑥부쟁이만 가득하고
나는 바랑 하나 둥그렇게 짊어졌다

어스름 달밤

창문에 그림자가 어른거린다
소나무 그림자인 줄은 진작에 알지만
어른거리는 그림자는 그 사람이다
언제나 눈을 감아야 보이는 그 사람이다

달빛이 어스름일 때만 그 사람이 온다
바람이 불면 치맛자락이 흔들고 온다
휘영청 밝은 달밤이면 소나무가 오고
어스름 달밤이면 그 사람이 온다

둔덕에선 소나무가 어쩌자고 오는가
달이 밝으면 가지를 늘어뜨리고 온다
그 사람은 어쩌자고 어스름 달밤에만 오는가
창문에 그림자만 지우고 말없이 돌아간다

연잎에 맺힌 이슬

어디서 왔는지도 모른다
어디로 갈지도 모른다
바람이 없어 구슬로 빛나지만
한 가닥 산들바람에도 산산이 흩어진다

가만히 두면 무지개도 피우련만
두고 못 보는 심사를 알 수가 없어
사리고 사리며 기도를 하지만
바람은 부질없어도
부서지는 아픔에 눈물을 맺는다

발등을 적신 설움을 땅속 깊이 묻고
산산이 깨어진 빈 가슴에는
피멍이 응어리져
한 송이의 꽃으로 다시 피어난다

이명산

이명산 중턱에 비안개 자욱한 아침나절에
푸른 솔이 머금은 기상이 상사바위를 붙들고
고사리 재 넘어가는 뜬구름을 바라본다

아무리 불러도 돌아오는 대답은 메아리뿐
타는 가슴을 뭉개며 꽃상여는 고사리 재를 넘는다
솔바람이 가는 길을 막고 뜬구름이 비를 뿌린다

돌아오지 못할 길을 떠나는 마음이야 오죽하련만
보내지 말아야 한다면서 보내야 하는 사연은
너덜겅을 건너서 마애불 앞에 무릎을 꿇는다

준비된 멍에

뛸 것만 같은 어린 날에는 몰랐는데
저만치에 나의 멍에는 마련되어 있었다

날 것만 같은 젊은 날에는 몰랐는데
커다란 나의 멍에는 기다리고 있었다

겁 없이 우쭐거리던 날에는 보이지 않았는데
어깨를 걸타고 앉는 것이 나의 멍에였다

버거워 벗으려 하면 더욱 무거워지는 까닭은
전생의 업이 마련한 준비된 멍에였다

잣 세 송이

마당 끝머리의 자드락에
소나무에 숲에 소나무인 듯
잣나무 한 그루 자라더니
잣송이가 셋이 가지 끝에서
하늘을 향해 우뚝하게 앉았다

바람이 솔가지 사이에 노닐면
그러려니 하고
안개가 솔가지 끝에 이슬을 맺어도
또 그러려니 하더니
송진 내음을 나누면서도
솔방울인 듯 잣송이로 맺었다 ──

한 송이는 다람쥐 주고
또 한 송이는 청설모 주고
내 한 송이 가져와 찻상 머리에 두고
기품 어린 송진 내음을 맡는다

가랑잎이 현관문 앞에 서성거리고
싸락눈 소곤거리는 소리를 들었는지
곤줄박이 한 마리가 날아왔다
아뿔사!
잣 한 송이 장독대 위에 내놓았다

눈바람

겹으로 된 창문을 연다
지리산이 하얗다
어제보다도 가까이 다가온 지리산에서
눈바람이 불어온다

멀리 하늘의 끄트머리에
지리산이 하얗게 닿았다
어제보다도 더 높아진 지리산에서
눈바람이 불어온다

성모천왕의 옷자락 끝에서
새봄 냄새를 묻혀두고
귀띔이 해주고 싶어서 지리산에서
눈바람이 불어온다

징검다리

전생의 업보를 숙명처럼 걸머지고
시린 발끝을 떨며
배를 웅크리고
찬물에 몸을 담근다

전신을 타고 흐르는 냉기를
가슴으로 녹이며
남의 발 젖지 말라고
헐벗을 등을 햇볕에 말린다

서두르는 자만심도 지켜보고
배부른 오만함도 지켜보면서
그래도
기다림과 비켜서기를 알려준다

차를 마시며

달빛이 고아서
차를 끓인다
가슴 끓는 소리가 하늘에 닿으면
마주 앉을 빈자리에
푸른 달빛이 내려앉는다

풍경소리도 녹여서
차를 따른다
차 따르는 소리가 하늘에 닿으면
달빛은 시린 가슴을 안고
차탁 너머에 마주 앉는다

가랑잎 구르는 소리에
차를 마신다
차 향이 하늘에 닿으면
달빛도 차를 마신다
맞은편에 앉아서 나를 마신다

청보리의 꿈 (2)

아침 안개로 단장을 한다
이랑 이랑을 뛰어다닐
송아지를 기다린다

햇살에 눈이 부시면
소년이 불어 줄
보리피리 소리가
기다려진다

해가 길어서
허기진 한낮이면
길게 목을 늘이고 울어주는
뻐꾸기 소리를 또 기다린다

촛불

초하룻날에 밝혀둔 촛불이
소원을 이루려는 몸부림으로
섣달그믐을 향해 몸을 태운다

초파일 연등의 거룩한 불빛을
가슴으로 밝히는 중생들 보며
초하룻날 밝혀둔 촛불은 염원으로 불탄다

우란분절의 숭고한 합장이
극락왕생으로 이어지라고
초하룻날 밝혀둔 촛불이 하늘길을 연다

간절한 집념이 성스럽게 맺혀
무쇠솥 깊은 뜻을 품은 새알 옹심이는
동지팥죽으로 중생들의 가슴을 데운다

한 잔의 차

녹차 한 잔 마시고
소리 없이 일어설까

진하게 커피 한 잔을 마시고
손을 흔들까

아니면 보이차 한 잔을 마시고
정중히 고개를 숙일까

코끝에 닿는 향기보다는
땀으로 배는 맛이 각각으로 다르다

세상맛 우러난 오미자차
그 진한 맛 한 잔을 마시고 간다

황혼의 꿈

까맣게 타버린 꿈
빈 가슴에 재 한 줌 남김없이
퍼내고 퍼내서 바다를 메운다
통통배 멀리 떠나간 자리에
거북껍질보다 더 딱딱한 씨알을 뿌린다

거세게 거부하는 파도가 밀려와
닫혀버린 가슴팍을 치며 흐느낀다
통곡하는 소리는 바윗돌에 부딪혀
산산이 부서지며 하소연한다

줄지 않는 정 헤프게 줄 것을
돌아서서 후회하는 한숨 소리가 서러운 밤
별들의 흐느낌이 가슴을 후벼 파고
젖어가는 베갯모는 새벽을 안고 몸부림을 친다

후회

숨을 죽이며 삭여도 오지랖을 들썩거린다
아직도 곰삭지 않은 열정이 남아서일까
못다 푼 분노가 숨을 몰아쉰다

아깝지 않게 털어버리고
넘치지 않게 비워버려도 될 것을
끝내 포기하지 못하고 울부짖는다

터져버린 분노에 산을 울리고
쏟아지는 눈물에 강이 넘친다
그 많은 아픔을 달래던 보람은 없어졌다

돌아다보면 알겠지만
끝끝내 돌아보지 못하는 너를 붙잡고
가슴을 또 한 번 내려쳐 본다

회상

햇빛은 구름의 농간을 이리저리 피하고
나뭇가지는 바람을 붙잡고 실랑이를 한다
바람의 속삭임에 가랑잎은 이리저리 흩날리고
땅 위에 떨어진 알맹이는 어딘가로 갔다

매일같이 쫓기기만 하는 시곗바늘이
살포시 묻어오는 여명을 가를 때면
어렴풋이 들려오는 바람 소리에
나는 새벽을 안고 작은 몸부림을 친다

지난날을 얼룩 지운 서글픔이
베갯모를 적시고
희미한 옛 그림자를 더듬으며
다시 눈을 감는다

휴대폰

쓰지도 않는 전화기를
매일매일 충전시킨다

걸지도 않는 전화기를
끌어다 늘 앞에다 놓는다

쓸 일도 없는 전화기를 쥐고
오늘도 바깥세상으로 나선다

연보랏빛 들국화

이루지 못한 꿈이 찬이슬을 맞아
연보라빛으로 꽃이 되어 피었을까
못다 한 말이 응어리져
가슴에 멍이 들어 연보라로 피었을까

젊음을 바쳐 내달렸는데
잡힐 듯이 멀어지고 보일 듯이 사라져버린
바라던 꿈은 설야(雪野)의 새벽 오로라였다

돌아보는 아픔을 혼자 감당하기가 버거워
오가는 사람을 붙잡고 하소연하려고
짧아진 늦가을 해를 잡고 길 모롱이에 섰다

모르는 사람들은 바쁘게 오가는데
기다릴 까닭이 없는 나는
연보랏빛 들국화를 한참이나 보고 섰다

다람쥐

볼이 미어지도록 바지런을 떨어도 해가 짧은데
짊어진 꼬리를 쫑긋거리며
바윗등에 올라서 이리저리 건너뛰며 앞장을 선다

가야 할 길은 재를 넘고 또 개울을 건너면
어딘가 닿을 것 같아서
돌아서지 못하고 가야 하는 길이라서 가는 길이다

지친 발을 절면서라도
어차피 어딘가에 닿아야 할 길을 가야 할 것이라서
해 떨어지기 전에 부지런히 너를 따라가야겠다

네가 돌아보는 것은 홀로 걷는 '나'이지만
돌아볼 곳 없는 나는 너를 보며 걷는다
이제는 길을 잃을 일 없어서 그나마 홀가분하다

머무를 수 없는 시간

이대로 이만큼에서 멈춰버리면 좋겠다는
함박웃음을 웃는 사람들 앞에서
나는 움칠 몸을 떤다

돌아다보면 늘 미안하고
내다보면 까마득하지만
멈추지 못할 사연을 업으로 지고 산다

혹여 내뱉은 말이 비수로 꽂히지는 않았는지
도리질하고 손사래를 치며
야속했던 지난날은 없었는지 아직은 모르고 있다

혼자 돌아보기에는 무서워서 소름이 돋고
모르는 척하기에는 아무래도 아닌 것 같아
누군가가 귀띔해주기를 기다려야 한다

그들이 환한 얼굴을 하고 돌아오면

찌든 때 씻어 말린 옷으로 갈아입고

속살이 하얀 감자를 심을 텃밭을 일궈야 한다

뒷모습

어디로 가시는 길일까
두 손은 잡지 않았지만
노인 옆에는 할머니가 걷는다

무슨 이야기를 하시는 것일까
멀어지지 않으려고
어깨를 나란히 하고 걷는다

아직도 할 일이 남았을까
아직도 할 말이 남았을까
하얀 머리카락이 반짝거린다

할아버지는 내려다보면
할머니는 치어다보고
간간이 눈을 맞추며 걷는다

더도 덜도 말고

언제까지나 그렇게 가시라고

나는 두 손을 모은다

폐사지에서

번민이 홍익은 폐사지에서
바람도 한참을 머뭇거리는 것은
천년 세월의 애환이 어른거려서
앞이 보이지 않는 모양이다

실오라기 같은 인연의 끈을
이어볼까 끊어볼까
키 낮은 돌 담장이 아직도 망설이며
담쟁이넝쿨 속에서 잠들어 있다

염송이 부딪쳐 얼룩진 돌이끼는
향불의 연기로 박제된 채
솔 내음을 미음으로 연명하지만
부스러지는 육신을 가누지 못한다

푸른 달빛이 가사 장삼을 벗고

알몸으로 품어주어도

식은 온기는 돌아올 줄 모르고

화강암 연화 좌대는 깊은 잠에 들었다

산새는 울어서 노래로 산다

초판 1쇄 인쇄 2019년 12월 30일
초판 1쇄 발행 2020년 01월 07일
지은이 법기 박성진

펴낸이 김양수
디자인·편집 이정은

펴낸곳 도서출판 맑은샘
출판등록 제2012-000035
주소 경기도 고양시 일산서구 중앙로 1456(주엽동) 서현프라자 604호
전화 031) 906-5006
팩스 031) 906-5079
홈페이지 www.booksam.kr
블로그 http://blog.naver.com/okbook1234
포스트 http://naver.me/GOjsbqes
이메일 okbook1234@naver.com

ISBN 979-11-5778-418-9 (03800)

* 이 책의 국립중앙도서관 출판시도서목록은 서지정보유통지원시스템 홈페이지
  (http://seoji.nl.go.kr)와 국가자료종합목록 구축시스템(http://kolis-net.nl.go.
  kr)에서 이용하실 수 있습니다.
  (CIP제어번호 : CIP2019053679)
* 이 책은 저작권법에 의해 보호를 받는 저작물이므로 무단전재와 무단복제를 금지하
  며, 이 책 내용의 전부 또는 일부를 이용하려면 반드시 저작권자와 도서출판 맑은샘
  의 서면동의를 받아야 합니다.

* 파손된 책은 구입처에서 교환해 드립니다.   * 책값은 뒤표지에 있습니다.